Ins Leben geschaut ...

Bibliografische Information der Deutschen Nationalbibliothek: Die Deutsche National-bibliothek verzeichnet diese Publikation in der Deutschen Nationalbibliografie; detaillier-te bibliografische Daten sind im Internet über http://dnb.dnb.de abrufbar.

Satz und Layout: © Karl Miziolek 2017

Herstellung und Verlag:

BoD – Books on Demand, Norderstedt

ISBN 9783743194953

Karl Miziolek

Ins Leben geschaut ...

Kurzgeschichten

Inhalt

- 5 Warum?
- 16 Dumm gelaufen
- 31 Das Konzert
- 44 Auf Abruf
- 49 Auf der Straße
- 61 Das Fenster
- 74 Mitternachtsmette
- 88 Kurschatten

Warum?

Leise fiel die Tür ins Schloss. Anton saß am Küchentisch und starrte durch das Vorzimmer auf die geschlossene Eingangstüre.

Es erschien ihm unglaublich, dass sie tatsächlich gegangen war, sang- und klanglos, ohne Streit, ohne Hass.
Er wusste zwar, dass Hilde nichts vom Streiten hielt. Aber so? Er war ratlos – warum – was war passiert? Sie hatten doch noch gemeinsam zu Abend gegessen.

Sein Atem wurde immer schwerer, als würde ihm jemand die Kehle zudrücken. Er musste hinaus in die frische Luft. Draußen peitschte ihm Regen ins Gesicht.

Mit hochgestelltem Kragen lief er planlos durch die Straßen. Er achtete nicht auf den Weg, stolperte mehr, als er ging, rannte gegen eine Straßenlaterne und fiel schließlich mitten in eine Pfütze. Triefend nass rappelte er sich hoch und hetzte weiter. Plötzlich stand er vor dem Fluss, der sich träge durch den Ort schlängelte. Eine Weile starrte er ins Wasser. „Warum?", schrie er und hoffte, dass eine Antwort käme.

Es kam keine. Der Mond kräuselte sich silbern auf der Wasseroberfläche. Langsam spürte er die Nässe auf seiner Haut.

Er kam erst zu sich, als er in einer Kneipe saß und seinen Blick auf ein leeres Whiskyglas heftete.
In seinem Schädel rotierte nur der eine Gedanke, warum, warum, warum.
Dass er diese Frage von seinem Tisch aus immer lauter den anderen Gästen stellte, die sich irritiert nach ihm umsahen, fiel ihm nicht auf.
Sie hatten auch keine Antwort.
Als er noch einen Whisky verlangte, räumte

der Wirt sein Glas weg und meinte, er belästige die Gäste, hier gebe es nichts mehr für ihn zu trinken, er solle nachhause gehen.

Dann war er zurück in seiner Wohnung. Als er im Badezimmer die nassen Kleider auszog, fiel sein Blick auf eine Fratze, die ihm aus dem Spiegel entgegengrinste.
Sie gefiel ihm nicht, offenbar war er noch nicht betrunken genug. Bewaffnet mit einer Flasche Whisky, die er sich aus der Hausbar holte, setzte er sich auf die Couch.

Seit zehn Jahren kannten sie sich nun. Sie waren einander auf einer Party eines Freundes begegnet. Sie teilten die Begeisterung für Kultur und Sport, deswegen waren sie sich rasch näher gekommen.
Hilde hatte nach ihrem Jurastudium gerade bei einer großen Anwaltskanzlei angefangen. Anton war kurz davor, sein Medizinstudium abzuschließen. Das einzige Problem bei dieser

Beziehung waren ihre Wohnorte gewesen. Hilde wohnte in Graz, Anton in Wien.

Als Anton seinen Doktortitel erworben hatte und auf der Suche nach einer geeigneten Stelle war, nahm er das Angebot eines medizinischen Labors in Graz an. Hilde wollte, dass er bei ihr einzog.

Die Wohnung war zwar klein, aber sie sollte reichen, bis sie gemeinsam etwas Größeres gefunden hatten.

Sie entschieden sich bald für ein gemütliches Haus, nicht weit weg von der Stadt in einem kleinen Ort, von wo die tägliche Fahrt zur Arbeit nicht zu lange dauerte. Sie waren beide glücklich und beschlossen nun, nachdem einige Jahre vergangen waren, ihre Beziehung mit der Eheschließung zu krönen.

Doch einen Termin dafür konnten sie nicht finden. Sie legten ein Datum fest, kurz darauf wurde es wieder umgestoßen. Beide waren von ihren beruflichen Karrieren sehr in An-

spruch genommen. Sie seien auch ohne Trauschein glücklich, trösteten sie sich. Die wenige Freizeit, die sie miteinander verbrachten, waren seltene Theaterbesuche oder eine kurze Radtour in die Umgebung.
Anton knallte mit dem Kopf auf die Tischplatte.
Die Flasche war leer.
Er krallte sich an der Tischkante fest, mühte sich langsam hoch und manövrierte sich schwankend zur Kommode, die er nur mehr verschwommen wahrnahm.
Nach einiger Zeit gelang es ihm, die oberste Schublade zu öffnen.
Da lag eine Pistole und daneben eine Schachtel Munition.
Er griff danach, wankte, beide fielen ihm aus der Hand. Gegen die Kommode gelehnt, sank er langsam auf die Knie. Warum, warum, lallte er immer wieder.
Er setzte die Pistole an die Schläfe und drückte ab.

Ein Knall ließ Anton im Bett hochfahren. Er war nass vor Schweiß. Zeit und Ort waren ihm für einen Moment unklar. Er war im Schlafzimmer.
Dann bemerkte er, dass der Wind das Fenster aufgestoßen hatte und den Vorhang wie eine Fahne ins Zimmer wehte. Er blickte zu Hilde neben sich, die ruhig und friedlich schlief. Sie hatte nichts mitbekommen. Was für ein irrer Traum.

Er schloss das Fenster und legte sich wieder ins Bett. Aber das Geträumte ließ ihn nicht mehr los.
So stand er auf – um Hilde zu überraschen, bereitete er das Frühstück.

Sie hatten es jeden Tag so eilig, dass es normalerweise aus einer im Stehen hinuntergegossenen Tasse Kaffee bestand.
Wie er den Tisch deckte mit dem schönen Porzellan und allem, was der Kühlschrank hergab, wirkte demgegenüber festlich. Selbst

wenn Hilde nicht mehr als ihre üblichen paar Minuten für das Frühstück blieben, hoffte er, dass es heute für beide mehr Bedeutung bekam.
Hilde war sehr angetan von seiner Idee, und sie nahmen sich für das Frühstück mehr Zeit als sonst.

Anton wollte wissen, wann Hilde heimkommen werde, er plante, wenn sie nicht zu spät kam, zum Abendessen ein Fondue vorzubereiten.
Hilde hatte es schon wieder eilig, es werde vermutlich nicht so spät werden, sechs Uhr etwa – sie gab ihm einen flüchtigen Kuss auf die Wange und verließ das Haus.

Pünktlich um sechs stand das Fondue bereit. Anton hatte an alles gedacht.
Zwischen zwei Kerzen platzierte er den Caquelon auf dem Tisch und stellte kleine Schüsseln mit verschiedenen Soßen daneben, dazu Baguette und einen Kühler mit einer

Flasche spritzigen Weißweins. Pünktlich kam auch Hilde heim, das war ungewöhnlich.

„Wie schön, dass du schon da bist", begrüßte er sie.

Doch sie wirkte müde, abgespannt und zerstreut. Für Anton war das nichts Neues, in letzter Zeit hatte er diesen Eindruck schon öfter gehabt. Beim Essen versuchte er immer wieder ein Gespräch zu beginnen.

„Na, mein Schatz, wie war dein Tag",
fragte er.
Aber Hilde blieb abwesend und einsilbig.
„Stressig wie immer", antwortete sie, verlor zum vierten Mal ihr Brotstück im Käse und fluchte leise.

Er schob ihre Unkonzentriertheit auf einen anstrengenden Arbeitstag und überging sie einfach. Nach dem Essen versuchte Anton mit einem Glas Château Lynch Moussas Pauillac

Grand Cru, den sie so gerne mochte, ihre Stimmung zu heben.

„Komm, Liebling, vergiss die Kanzlei, genießen wir den Abend", ermunterte er sie.
Hilde lächelte, sah Anton tief in die Augen und küsste ihn.

„Entschuldige mich bitte kurz", meinte sie und ging ins Badezimmer.
Anton war glücklich, dass Hilde nun endlich mit ihm gleichgestimmt schien, und hoffte auf einen schönen, harmonischen Abend.
Die Unruhe, die er nach dem Alptraum der vergangenen Nacht nicht mehr hatte loswerden können, nahm langsam ab.
 Er machte es sich auf der Couch bequem und wartete.

Als Hilde zurückkam, war sie blass und verweint. Anton erschrak, stand auf und fragte, was denn los sei. „Anton, bitte setz dich", sagte sie. „Ich muss dir ein Geständnis machen."

Als Anton etwas antworten wollte, verschloss sie ihm mit einer kurzen, sanften Geste den Mund.

„Nein, hör mir zu", bat sie ihn.
„Ich habe vor einiger Zeit jemanden kennengelernt und mich verliebt." Erneut kamen ihr die Tränen.

„Ich hatte bisher nicht den Mut, es dir zu sagen. Ich kann mit diesen Lügen und Heimlichkeiten nicht länger leben.
Ich verlasse dich heute noch, ich muss einen Schlussstrich ziehen."

„Wie lange...", murmelte er.
Sie streichelte Antons Gesicht und küsste ihn.
„Es tut mir so leid", flüsterte sie. Dann drehte sie sich um und verließ das Wohnzimmer.

Anton war stumm und bleich vor Entsetzen.

Nach einigen Sekunden schrie er: „Hilde!" und rannte ihr nach.

Im Vorzimmer versuchte er sie zurückzuhalten.
Mit unerwarteter Kraft löste sie seinen Griff.
„Lass es sein, Anton", sagte sie leise.
Dann sah sie sich suchend um und ging in die Küche. Er folgte ihr, planlos.

Sie nahm ihre Autoschlüssel, die auf dem Küchentisch lagen.

Er blieb in der Küche stehen und sah ihr zu, wie sie sich im Vorzimmer den Mantel anzog und die Türe öffnete. Anton setzte sich verzweifelt an den Küchentisch und starrte auf die Eingangstüre, die leise ins Schloss fiel.

Dumm gelaufen

Die Sonne brannte vom Himmel. Martha, eine rüstige Endsiebzigerin, genoss diese Wärme und räkelte sich genüsslich im Liegestuhl – sie konnte nie genug davon bekommen.

Sie war froh, der Empfehlung einer Freundin gefolgt zu sein, hier in einem All-inclusive-Club in der Nähe von Hammamet ihren Urlaub zu verbringen.

Sie war schon viel in der Welt herumgekommen, aber Tunesien war neu für sie.

Durch ihre frohe Lebensart kam sie schnell mit den durchwegs jungen Leuten im Club in Kontakt. Bald war sie bei allen nur die „Oma" Martha.

Manchmal wurde sie von anderen Gästen zu Tagesausflügen in die Gegend am Kap Bon in der Nähe des Clubs eingeladen. Die jungen Leute hatten bemerkt, dass sie gut französisch sprach. Somit konnte mit ihrer Hilfe manche sprachliche Barriere leichter überwunden werden.

Auch das Personal war sehr angetan von ihrer freundlichen und liebenswerten Art.

Besonders der junge Kellner Karim war sehr bemüht um sie. Obwohl Selbstbedienung vorgesehen war, fragte er sie immer wieder, ob sie noch einen Wunsch habe.

Karim war auch Martha sehr sympathisch. Sie liebte seine kleinen Aufmerksamkeiten. Jeden zweiten Tag stand eine frische rote Rose auf ihrem Tisch.

Es war an einem der seltenen Tage, an denen es nicht so heiß war, da fragte Karim „Oma" Martha, ob sie Lust hätte, mit ihm in die Stadt zu fahren. Er würde ihr gerne seine Heimatstadt zeigen.
Martha war sehr erfreut darüber. Sie hatte

schon einiges auf Kap Bon während der Ausflüge gesehen, aber in der Stadt Hammamet war sie noch nicht gewesen. Karim sprach perfekt Französisch, so freute sich Martha auf eine schöne Stadtführung.

Sie fuhren mit dem Bus in die Stadt und trafen dort zufällig einen Freund von Karim, Ayman, der ein Auto besaß.
Dieser bot sich sogleich an, als Chauffeur zu fungieren. Martha freute sich darüber, für sie war es angenehmer, keine langen Fußwege zu haben. Die beiden zeigten ihr die schönsten Plätze, die Medina – die Altstadt mit ihren überdachten Marktgassen –, die Kasbah – die Festung – und die Moscheen.

Besonders beeindruckt war Martha von der Sidi Gailani-Moschee und der Place des Martyrs. Das Denkmal auf diesem Platz war dem Eiffelturm in Paris nachempfunden. Ebenso faszinierend fand sie die typischen weißblauen Häuser der Stadt. Die Besichtigung

beanspruchte ihre Kräfte, und Martha wurde müde. Sie fragte Karim, wie sie nun am besten den Bus erreichen könne, um wieder in den Club zu fahren.
Karim schien das beinahe als Beleidigung aufzufassen. Selbstverständlich würden sie Martha in Aymans Auto in die Anlage zurückbringen.

Im Club lud Martha die beiden noch auf ein Getränk ein. Karim lehnte höflich ab. Die Clubleitung sehe es nicht gern, wenn das Personal mit den Gästen privaten Kontakt hätte, meinte er bedauernd.
Doch Ayman nahm die Einladung dankend an. Martha und Ayman genehmigten sich zur Erfrischung einen Pfefferminztee.

In der Stadt war für persönliche Gespräche keine Zeit gewesen. Ayman erkundigte sich nach Marthas Heimatort, Karim habe ihm nur erzählt, sie käme aus Österreich. Als er hörte, Martha komme aus Wien, sah er erstaunt

drein und lachte. Was für ein Zufall, sein Bruder studiere in Wien, sagte er.
Die Welt ist wirklich klein, bemerkte Martha lachend.
Ihre Beine begannen zu schmerzen, der Ausflug war anstrengender gewesen als alle vorhergehenden. Ayman möge sie entschuldigen, sie wolle sich jetzt in ihren Bungalow zurückziehen, bat sie, sie sei schon ziemlich müde. Ayman verabschiedete sich galant und wünschte Martha noch einen schönen Aufenthalt.

Drei Tage Urlaub hatte Martha noch übrig, die genoss sie in der Anlage oder am Strand.

Am Abend vor ihrer Abreise kam überraschend Ayman zu Besuch.

„Wie schön, Ayman, dass Sie noch einmal vorbeikommen", sagte Martha erfreut. „Ich hatte mich ja nicht einmal bedankt für die schöne Stadtrundfahrt." „Ich bitte Sie, es war

doch eine Selbstverständlichkeit und eine große Freude für mich", antwortete er. „Liebe Martha... ich darf Sie doch so nennen?" „Selbstverständlich",
erwiderte Martha.

„Ich habe eine große Bitte – darf ich Ihnen ein kleines Päckchen für meinen Bruder mitgeben? Die Post ist unzuverlässig und langsam bei uns, und ich möchte, dass er es sicher bekommt. Es geht um eine wichtige familiäre Angelegenheit."

„Gerne mache ich das für Sie, schon als kleines Dankeschön für Ihre Mühe mit der Stadtbesichtigung", antwortete Martha.

Ayman überreichte Martha das Päckchen, welches nicht viel größer als eine Zigarettenschachtel war. Hübsch in buntes Papier gepackt und mit einem goldenen Band verschnürt.

„Das ist aber liebevoll verpackt", bemerkte

Martha. Ayman lachte nur. „Werden Sie von jemandem abgeholt am Flughafen?", fragte Ayman.

Da Martha verneinte und sagte, sie werde mit dem Taxi heimfahren, schlug er vor: „Mein Bruder wird Sie abholen, der hat ein Auto, er wird Sie dann nachhause bringen und bei der Gelegenheit gleich das Päckchen in Empfang nehmen.
Was meinen Sie?"
„Das wäre schön, aber wie erkenne ich Ihren Bruder?", fragte Martha.

„Ganz einfach", erklärte Ayman, „ich werde meinem Bruder sagen, er soll Sie dort erwarten, wo Sie nach der Gepäckaufnahme in die Ankunftshalle kommen. Sie erkennen ihn am besten an so einem Schild, wie es die Fahrer der Abholdienste haben, da soll er AYMAN draufschreiben."
„Schön, dann lerne ich ja bald Ihren Bruder kennen", sagte Martha lachend.

„Ich sage ihm gleich Bescheid. Nochmals vielen Dank! Eine gute Heimreise, und auf Wiedersehen!"
Beim Weggehen drehte er ich noch zweimal um, winkte ihr zu und lachte.

Martha brachte das Päckchen in ihren Bungalow und verstaute es in ihrem schon halb gepackten Koffer mitten unter der Wäsche.

Zu gerne hätte sie gewusst, was sich in dem Päckchen befand. Aber es roch nicht und gab keine Geräusche von sich, als sie es vorsichtig schüttelte.
Als sich Martha von Karim am nächsten Tag verabschiedete, meinte dieser: „Oma Martha, es war eine wunderbare Zeit mit dir! Ich hoffe, du kommst wieder einmal nach Hammamet!"
„Es war auch für mich ein wunderschöner Urlaub, den ich nicht vergessen werde. Und vielleicht komme ich noch einmal – so Allah es will", setzte sie lächelnd hinzu.

Am Flughafen in Wien musste Martha nicht lange auf ihren Koffer warten, der als einer der ersten lag er auf dem Laufband.
Sie packte ihn, stellte ihn auf seine Rollen und zog ihn Richtung Ausgang. Auf diesem Weg musste sie noch die Zollkontrolle passieren, sie ging durch die Passage für EU-Reisende und solche, die nichts zu verzollen hatten, wo zwei Zollbeamte mit einem sehr freundlich und neugierig dreinblickenden Hund standen.

Als Martha an ihnen vorbeizog, wurde der Hund plötzlich sehr aufgeregt, schnüffelte an ihrem Koffer und schlug an. Die Uniformierten reagierten sofort, sie stellten sich Martha in den Weg und forderten sie auf, ihnen zur Zollabfertigung zu folgen.
Einer der Beamten ließ sie ihren Koffer öffnen.
Mit ein paar Handgriffen legte er das Päckchen, welches sie unter die Wäsche gepackt hatte, frei und fragte, was da drinnen sei.

„Ich weiß es nicht. Ich habe es von einem Bekannten aus Hammamet für seinen Bruder, der hier studiert, mitgenommen."
„Zeigen Sie mir bitte nochmals Ihren Reisepass." – Der Beamte verließ mit dem Päckchen und dem Pass den Raum.

Nach wenigen Minuten kam er in Begleitung eines Polizisten zurück. Martha war irritiert. Der Polizist forderte sie auf, ihm in seine Diensträume zu folgen, es gäbe da ein ernstes Problem.

„Was ist denn los ?", fragte Martha bestürzt.

„In dem Paket, das nach Ihren Angaben von einem Bekannten in Hammamet stammt, befinden sich verbotene Substanzen", sagte der Polizist ungerührt.
„Und wir müssen Anzeige gegen Sie erstatten." „Was!", rief Martha entsetzt. „Das kann ich nicht glauben!" Martha zitterte am ganzen Körper. „So alt musste ich werden, um mit

der Polizei zu tun zu bekommen", sagte sie weinerlich.

Martha beteuerte, nicht gewusst zu haben, was sich in dem Päckchen befand, sie hatte nur diesem sympathischen jungen Mann, der sie so nett herumgeführt hatte, einen Gefallen tun wollen.

„Gnädige Frau, regen Sie sich nicht auf, vielleicht wird alles halb so schlimm", beruhigte sie der Beamte.

„Wir tun nur unsere Plicht."

„Ja, es ist eine Masche der Drogenhändler, ältere, allein reisende Damen als Kuriere zu missbrauchen", erklärte der Polizist. Tunesien sei zwar nicht sehr involviert in den internationalen Drogenhandel, aber immer wieder komme es vor, dass von den angrenzenden Ländern Drogen über Tunesien gingen.

Martha musste angeben, in welchem Club sie in Hammamet gewesen war und mit wem sie außerhalb der Anlage Kontakt gehabt hatte, dann wurden ihre Daten aufgenommen.

„Das hat man davon, wenn man jemandem behilflich sein möchte, dann wird man auf seine alten Tage noch eine Kriminelle", sagte Martha unter Tränen.
„Werden Sie abgeholt, gnädige Frau?", fragte der Beamte.

Martha erzählte, es sei vereinbart worden, dass der Mann, für den das Päckchen bestimmt gewesen war, der angebliche Bruder, sie abholen sollte und an einem Schild mit der Aufschrift „Amyan" zu erkennen sei.

Man bat Martha, noch etwas zu warten. Zwei Beamte gingen in die Ankunftshalle. Nach einigen Minuten kamen sie zurück. „Wir haben niemanden gefunden mit einem solchen Schild", erklärten sie. „Vermutlich hat es ihm zu lange gedauert, und er hat kalte Füße bekommen und ist abgehauen."

Sie würde verständigt, sofern man noch Aussagen von ihr benötige.
Einer der Beamten war so nett, Martha noch zu einem Taxi zu begleiten.

Am nächsten Tag telefonierte Martha mit ihrer Freundin, welche ihr den Club empfohlen hatte.
Die war ebenso entsetzt über das Malheur von Martha.

„Das musst du mir genauer erzählen", ich werde dich morgen besuchen", sagte sie.

"Jetzt habe ich noch einen schweren Gang vor mir, ich muss es meinen Kindern erzählen", vertraute Martha sorgenvoll der Freundin an.

"Mein Sohn wird nicht sehr erfreut sein darüber. ‚Das hast du nun davon, weil du immer nur das Gute in allen Menschen siehst', höre ich ihn schon sagen."

Nach einigen Wochen bekam Martha Post von der Staatsanwaltschaft.

Das Verfahren gegen sie sei eingestellt worden, sie habe mit keinen weiteren Konsequenzen zu rechnen.

Einige Monate später staunte Martha nicht schlecht, denn sie bekam einen Brief vom Club.

Man bedaure das Malheur, das ihr widerfahren sei, und entschuldigte sich bei ihr, obwohl den Club keinerlei Schuld treffe, man fühle sich trotzdem verantwortlich für das Wohlergehen der Gäste.

Sie schrieben weiter: „Ayman B. konnte in Hammamet aufgrund der Aussage des Kellners Karim festgenommen werden. Keiner der Angestellten des Clubs hatte etwas mit dem Drogenschmuggel zu tun." Die Clubleitung hoffe, sie bald wieder einmal im Club begrüßen zu dürfen, stand dort noch. „Und viele Grüße vom Kellner Karim an seine ‚Oma' Martha!"

Das Konzert

Helene, eine junge, attraktive Frau Mitte dreißig, ledig, erfolgreiche Brokerin, die sonst für ihre Arbeit lebte, erledigte diese Arbeit heute nicht so konzentriert wie sonst.

Sie hatte Geburtstag, doch das war nicht der Grund – es war der Zufall, der ihr ein besonderes Geschenk machte. Just heute Abend war wieder ein Konzert mit ihrem Idol als Solisten.

Er war Sänger und sah blendend aus. Den ganzen Tag war sie aufgeregt gewesen. Schon am frühen Abend hatte sie immer wieder Kleidung und Frisur überprüft, wie ein verliebter Teenager, ob auch alles perfekt sei – fast hätte sie den Beginn verpasst. Im überfüllten Saal war nur ihr Platz noch leer.

Die Musiker warteten schon auf den Dirigenten. Da huschte sie gerade noch rechtzeitig herein.

Zum Glück hatte sie einen Außensitz, somit

störte sie niemanden. Kaum hatte sie Platz genommen, wurde es dunkel, und das Konzert begann.

Auf dem Programm standen Werke von Mozart und Beethoven. Als Solist er, ihr ausgesprochener Lieblingstenor. Seit drei Jahren besuchte Helene seine Konzerte, wenn er in Wien war. Einmal war sie ihm sogar nach Paris nachgereist.

Nach ihrem ersten Konzertbesuch hatte sie geduldig am Bühnenausgang gewartet, wie viele andere Frauen auch, um ein Autogramm zu bekommen. Er hatte für sie das Autogramm auf sein Foto geschrieben, das sie ihm hinhielt, und ihr dabei etwas länger in die Augen gesehen als den anderen Frauen – Helene war ihm sofort aufgefallen. Ihr schlanker Körper, die langen schwarzen Haare und besonders ihre dunklen braunen Augen – so liebte er die Frauen. Diese musste er unbedingt kennenlernen, das stand für ihn fest. Es kam öfter vor, dass er eine seiner Verehrerinnen zum Abendessen einlud. So nahe bei ihm, spürte auch Helene plötzlich mehr als nur die reine Sympathie für einen Künstler. Seine ganze Erscheinung, er war genau ihr Typ Mann. Besonders fielen ihr die gepflegten Hände und die schlanken Finger auf, während er das Autogramm schrieb. Bei beiden schien der Funke übergesprungen zu sein. Er griff in seine Manteltasche und reichte ihr ein Kuvert. Als die Fans sich wieder zerstreut hatten, öffnete Helene nervös den Umschlag.

Zu ihrer Überraschung enthielt er eine Einladung in sein Hotel zu einem gemeinsamen Abendessen. Helene war selig. Sie würde ihrem Idol ganz nahe sein. Wie nahe, ahnte sie da noch nicht: Bei dem Abendessen, welches er auf die Suite kommen ließ, war es nicht geblieben. Er hatte es verstanden, Helene so zu umschmeicheln und zu betören, dass sie schließlich blieb. Es war für Helene eine unvergessliche Nacht geworden, der schon einige weitere gefolgt waren. Es gab immerhin zwei bis drei solcher Konzerte im Jahr.

Es war ja nicht so, dass Helen keine Männerbekanntschaften hatte. Doch bei ihrem Job, der ihre Zeit und Energie fast völlig beanspruchte, konnte und wollte sie sich auf nichts Fixes einlassen. Meistens war es für Helene zu anstrengend, da viele der Männer nur klammerten. Und er war eben etwas Besonderes. Er gefiel ihr nicht nur als berühmter Sänger, sondern auch als Mann. Schlank, graumeliert, besonders seine blauen Augen und seine Hände hatten es ihr angetan. Und die Gefahr, dass er mehr wollte als gelegentlich eine Nacht mir ihr zu verbringen, war nicht gegeben. Er würde sicher auch heute Zeit haben für sie.

Es war inzwischen fast zu einem Ritual für ihn geworden und für sie zu einem unstrittigen Anspruch, dass sie ihn nach dem Konzert für

sich haben durfte. Helene liebte seine Stimme, vor allen wenn er Mozart sang, sie hatte selbst einmal Gesang studiert, wegen stimmlicher Probleme die Ausbildung aber abbrechen müssen.
Nach einigen Orchesterstücken war es soweit, ihr Liebling kam auf das Podium. Auf dem Programm standen fünf Tenorarien von Mozart. Diese unvergleichliche Stimme, sie schien ihr heute noch facettenreicher als sonst.

Ein Schauer durchlief ihren Körper, noch nie hatte sie diese Musik so körperlich gefühlt. Tränen flossen über ihre Wangen.

Innerlich immer aufgewühlter, konnte sie kaum das Ende des Konzertes erwarten. Sie sehnte sich nach seinen Liebkosungen, den zärtlichen Küssen.

Man kannte Helene inzwischen im Haus, so konnte sie ungehindert zu den Garderoben gelangen. Nachdem sie etwas gewartet hatte, um ihm Zeit zu geben, sich zu erholen, klopfte sie an die Garderobentüre.

„Einen Moment!", rief die Garderobiere. Sie öffnete die Türe einen Spalt, erkannte Helene und ließ sie eintreten. Ob er noch einen Wunsch habe, fragte die Garderobiere den Sänger.

Helene verwünschte sie, sie konnte es kaum erwarten, in seinen Armen zu liegen.

„Helene, wie schön, dass du gekommen bist", sagte er ihr leise ins Ohr und drückte ihren zarten Körper fest an sich.
Helene spürte seine Männlichkeit, und sie war innerlich noch immer aufgewühlt von der Musik, seine Berührungen entzündeten in ihr ein kaum zu bändigendes Gefühl.

„Ich freue mich so, dich endlich wieder einmal für mich zu haben", flüsterte sie und schaute ihm dabei tief in die Augen.

„Ich habe etwas für dich", sagte er lächelnd, griff in eine Ledertasche und holte ein kleines Päckchen hervor.

„Für mich?", fragte sie staunend.

Kurz überlegte sie, woher er wissen konnte, dass sie heute Geburtstag hatte.

Helene nahm behutsam das Päckchen, das ganz so aussah, als könnte es von einem Juwelier stammen.

Aufgeregt öffnete sie es. Ein wunderschöner Ring mit einem Diamanten leuchtete ihr aus der mit blauem Samt ausgelegten Schmuckschatulle entgegen. „Wow", entfuhr es ihr. Er lächelte.

„Ich hoffe, er gefällt dir?" „Wie kannst du fragen, er ist wunderbar", sagte sie begeistert, steckte den Ring an ihren linken Ringfinger und drehte die Hand ins Licht, um den Stein funkeln zu sehen.

„Danke, womit habe ich das verdient?" Sie küsste ihn zärtlich.

„Es ist heute das zehnte Mal, dass wir uns treffen, da wollte ich dir eine kleine Freude bereiten", antwortete er.

Innig schmiegte sie sich an ihn und wollte ihn nicht mehr loslassen. „Dass du daran gedacht hast", sagte sie verwundert, „Wie schön."

„Wir sehen uns dann im Hotel, mein Kleines", sagte er lächelnd.

Es war natürlich nicht möglich, das Konzerthaus gemeinsam zu verlassen. Für die wartende Presse wäre es ein „Fressen" gewesen, ihn mit einer anderen Frau zu sehen. Sie wusste es aus den Medien, und auch er hatte kein Geheimnis daraus gemacht, dass er verheiratet war, aber das war für sie kein Problem. Noch dazu, wo er immer betonte, seine Ehe bestehe nur noch auf dem Papier.

Helene begab sich wie gewohnt in das Hotel, in welchem er abgestiegen war. Wie immer wartete sie an der Bar, bis ein Page an sie herantrat und ihr mitteilte, sie könne jetzt in die Suite hochfahren.

Einen kurzen Augenblick lang flammte erstmals in ihr das Gefühl auf, dass es eigentlich traurig und erniedrigend sei, nur auf Abruf erwünscht zu sein – sie fühlte sich einen Moment lang wie ein Callgirl.

Im Fahrstuhl verflog dieser Gedanke, ihre Sehnsucht gewann die Oberhand.

Er erwartete sie schon an der Tür. Nur mit einem Schlafrock aus Seide bekleidet, schloss er sie in die Arme und küsste sie leidenschaftlich. „Wie schön, dich zu spüren", hauchte er ihr ins Ohr, während seine Hände zärtlich ihre Brüste berührten – Helene schmolz dahin. Langsam, behutsam begann er ihre Bluse zu öffnen. Sie vibrierte am ganzen Körper, seine Berührungen und das Timbre seiner Stimme entführten sie in eine Welt erotischer Fantasie. Ravels Boléro erklang aus der Musikanlage. Mit geschlossenen Augen gab sie sich seinen Liebkosungen hin. Als sie einmal kurz die Augen öffnete, sah sie im Spiegel plötzlich hinter sich eine Frau aus einem Nebenzimmer kommen. Sie trug nur ein hauchdünnes Negligee.

Erschrocken machte sich Helene vom Sänger los. „Hab keine Angst, Kleines. Das ist meine Frau. Sie weiß Bescheid", sagte er in sanftem Ton.

Helene war irritiert.

„Guten Abend, Helene, ich bin Simone", sagte sie mit dunkler Stimme zu Helene.

Helene war noch immer perplex, sie starrte nur beide verständnislos an.

Er hatte inzwischen in aller Ruhe drei Gläser mit Champagner gefüllt. „Stoßen wir auf einen schönen Abend zu dritt an", meinte er und erhob sein Glas.
Zögernd nahm Helene das angebotene Glas.

Auch Simone hob ihren Champagner und stimmte mit ein: „Ja, auf einen schönen Abend!"

„Wie, was ...", fand Helene die Sprache wieder. „Ich verstehe das nicht. Hättest du mir nicht sagen können, dass deine Frau mitkommt? Ich bin bestimmt kein Kind von Traurigkeit, aber solche Praktiken sind mir einfach zuwider."

Sie glaubte zu verstehen, was hier gespielt wurde. Sie war diesmal als prickelndes Extra für ein Ehepaar vorgesehen, das sich offenbar viel besser verstand als er ihr vorgespielt hatte, und das nach etwas Abwechslung in seinem Sexleben suchte. Keine Rede mehr von der faden Ehefrau, mit der ihn nur noch materielle Interessen verbanden. Sie schüttete ihm wortlos den Champagner ins Gesicht.

„Zier dich doch nicht so! Andere sind da weniger prüde", sagt er mit einer Stimme, die ihr plötzlich völlig fremd erschien. Sie fühlte sich verraten. Gab es noch andere? Das hätte sie sich zwar denken können, es hatte sich aber bisher nie so angefühlt.

Sie zog den Ring, welchen er ihr vor wenigen Stunden erst geschenkt hatte, vom Finger. Simone, die bis jetzt geschwiegen hatte, sagte zu ihm: „Ich dachte, es wäre alles geklärt?"

„Nichts ist hier geklärt", erwiderte Helene zornig. „Sollte ich damit vielleicht für einen flotten Dreier bezahlt werden?", rief sie empört und schmiss ihm den Ring vor die Füße.

Während sie ihre Bluse zuknöpfte und ihren Mantel und ihre Tasche nahm, ohne die beiden anzusehen, hörte sie Simone sagen, es täte ihr leid, es sei ein Missverständnis. Der Sänger schien überhaupt die Sprache verloren zu haben. Er stotterte herum, dass er hier wohl Mist gebaut habe. Es sei doch als Überraschung gedacht gewesen. Sie stürmte aus der Suite. Zuhause wurde ihr erst bewusst, was da abgelaufen war.

Sie verfluchte sich selbst, dass sie sich so hatte täuschen lassen – sie hatte sich immer vorgemacht, dass seine Zuneigung nur ihr galt. Nach den vielen gemeinsamen, schönen und aufregenden Stunden in den letzten Jahren dieses Ende – aus war der Traum, zerplatzt wie eine Seifenblase.
Diese Beziehung hatte, wie der Diamant auf dem Ring, ein bezauberndes Funkeln in ihr Leben gebracht, nun war es verschwunden. Helene stürzte sich in ihre Arbeit. Sie besuchte weiterhin seine Konzerte, aber das Feuer, das in ihr gebrannt hatte, wenn sie ihn sah, war erloschen.

Auf Abruf

Es war noch dunkel in Wien. Die Straßen waren nass vom nächtlichen Regen und menschenleer. Es war sechs Uhr morgens. Ich ging zu meinem Mietauto, um zu einem nahegelegenen Café zu fahren, wo ich immer frühstückte. Es würde sich nicht auszahlen, für mich alleine ein Frühstück zuzubereiten. Außerdem könnte jeden Moment das Handy klingeln und ich müsste sofort los. Ich arbeitete als Personen-Security.

Die Wohnung war ohnehin nur mit dem Notwendigsten ausgestattet. Im Café gab es auch den Vorteil, alle Tageszeitungen lesen zu können.

Was ich auch versuchte, der Wagen wollte nicht anspringen. Missmutig stieg ich aus, um mich zu Fuß auf den Weg zu machen. Das Café war nur einige Minuten entfernt. Von dort aus würde ich ein Taxi nehmen, sollte es notwendig werden. Es war erstaunlich, wie viele Gäste schon zu so früher Stunde in dem Café waren – das registrierte ich zum ersten Mal, als ich an diesem Morgen eintrat.

Während ich zu meinem Tisch ging, nahm ich wie gewohnt eine Tageszeitung vom Zeitungsregal.

„Guten Morgen, mein Herr, was darf ich Ihnen bringen?", fragte eine mir unbekannte Stimme, als ich Platz nahm. Ich hatte den gewohnten Singsang von Leo erwartet, mit seinem charmanten: „Guten Morgen, wie immer, Herr Direktor?" Irritiert blickte ich hoch und sah, dass ein neuer Ober auf meine Bestellung wartete.

„Ist der Leo heute nicht da?", fragte ich. „Nein, der Leo wurde gestern ins Krankenhaus eingeliefert, Herzinfarkt", sagte er. „Mein Name ist Arthur", stellte er sich vor. Leo! Der immer die Ruhe in Person war und so ausgeglichen. Er hatte mir erzählt, dass er bald in Rente gehen werde und sich schon freue, endlich mehr reisen zu können und mehr Zeit für seine Enkelkinder zu haben.

„Arthur, bringen Sie mir bitte eine Kanne Kaffee und kalte Milch, zwei Joursemmerln und ein Kipferl, sowie Butter und Marmelade", sagte ich.

„Sehr wohl, kommt sofort, mein Herr", antwortete er mit einer Höflichkeit, die wohl nur dem Wiener Ober der alten Schule zu eigen ist.

Ein gutes Frühstück war für mich ein wichtiger Tagesbeginn. Obwohl ich beruflich sehr viel mit Menschen zu tun hatte, gab es kaum die Möglichkeit, mit jemandem wirklich nahe in Kontakt zu kommen. Als Security auf Abruf war es auch besser, allein zu sein und sich nicht vielen anderen gegenüber zu öffnen. Was natürlich auch oft einsam machte.

Der Ober Leo war einer der wenigen Menschen, mit denen ich in der kurzen Zeit im Café über mehr private Dinge gesprochen hatte als mit anderen den ganzen Tag über. Seine Diskretion kam mir sehr entgegen und schuf persönliches Vertrauen.

Ich hatte fast das Frühstück beendet, da kam Arthur an meinen Tisch.

Er beugte sich zu mir herab: „Soeben haben wir die Nachricht erhalten, Leo hat es nicht geschafft", sagte er ganz leise.

Ich war bestürzt. Mein Gott, wie schnell es gehen konnte, dass man abberufen wurde.

„Arthur, ich möchte zahlen", sagte ich.
Während ich die Rechnung beglich, läutete mein Handy. „Ja, bitte?", meldete ich mich kurz.
Es war mein Chef. Ich möge um 15 Uhr reisefertig sein, ich würde abgeholt, um nach

München gebracht zu werden. Ein neuer Auftrag erfordere dort für längere Zeit meine Anwesenheit. In München sei alles vorbereitet, und um alles andere hier werde man sich kümmern.

Auf der Straße

Missmutig, wie jeden Morgen, in meinem Rhythmus der Eintönigkeit, ging ich zur U-Bahnstation, um ins Büro zu fahren. Als ich mich dem Abgang zur Station näherte, hörte ich Geigenmusik. Zunächst störte sie mich, weil ich sie für das übliche lieblose Gefiedel hielt, wie es die Straßenmusikanten hier absonderten. Doch im Näherkommen registrierte ich, dass diese Musik anders klang. Ich nahm den Urheber genauer in Augenschein.

Da stand ein Mann, dessen Alter ich schwer einschätzen konnte, vor dem Abgang zur U-Bahn, mit grauem Haar, das ihm bis zur Schulter hing. Vor ihm auf dem Boden ein geöffneter Geigenkasten, in dem einige Münzen lagen.
Ich blieb kurz stehen. Er spielte mit geschlossenen Augen, ganz der Musik hingegeben, Passagen aus Vivaldis „Vier Jahreszeiten", gefühlvoll und mit einer Leichtigkeit, die ich

diesem Mann nicht zugetraut hätte. Auch das war ungewöhnlich für einen Straßenmusikanten: Seine Auf- und Abstriche, besonders das Crescendo, waren geschmeidig und elegant, der Bogen aus dem Handgelenk geführt. Erstaunlich, so etwas auf der Straße zu sehen.

Er bemerkte nicht, dass ich ihm einige Münzen in den Kasten warf, so vertieft war er in sein Spiel.

Den ganzen Tag über musste ich an den alten Mann denken. Am Abend kam ich nicht an der Station vorbei, doch am nächsten Morgen ging ich flotter als sonst meinen Weg zur U-Bahn.
Er war wieder da. Diesmal blieb ich länger stehen. Fasziniert lauschte ich der Musik. Ich hatte als Kind acht Jahre lang Violine gelernt, es aber aus finanziellen Gründen aufgeben müssen.
Wer war er, woher kam er, wieso spielte er hier? Diese Fragen gingen mir durch den

Kopf. Wieder waren nur wenige Münzen in seinem Kasten. Zwei Euro vielleicht, mehr war es nicht. Ohne es begründen zu können, interessierte mich das Schicksal dieses Mannes. Als er kurz eine Pause machte, fragte ich ihn spontan, ob er schon etwas gefrühstückt hätte. Er verneinte.

„Darf ich Sie auf ein Frühstück einladen?", fragte ich.

„Sehr gerne", antwortete er mit einem schweren Akzent. Ich rief schnell im Büro an, dass ich etwas später kommen würde. Fast zärtlich packte er inzwischen seine Geige in den Kasten.
Gleich um die Ecke der U-Bahnstation war ein kleines Kaffeehaus. Während des Frühstücks versuchte ich meine Fragen loszuwerden.
„Woher kommen Sie?", fragte ich ihn.
Er stand auf, verbeugte sich und stellte sich als Sergej S. vor. „Nennen Sie mich bitte Sergej. Ich komme aus der Ukraine."

„Sergej, ich bin Anna", stellte ich mich meinerseits vor.

Er erzählte mir, dass er schon fast ein halbes Jahr im Männerheim für Obdachlose hier im Bezirk wohne.
Er sei über Polen nach Österreich geflüchtet. Österreich sei immer ein Traum für ihn gewesen, schon der Musik wegen, erzählte er weiter.
Kurz entschlossen fasste ich einen Plan. Ich wollte dem Mann helfen. Nicht mit ein paar Münzen, sondern nachhaltig, wie, das war mir in diesem Moment noch nicht ganz klar.

„Darf ich Sie am Abend vom Heim abholen?", fragte ich ihn. „Ich würde mich gerne mit Ihnen unterhalten."
Er überlegte eine Weile, dann sagte er: „Gerne – wissen Sie, wo das Heim ist?"
Ich bejahte, gab ihm aber zur Sicherheit meine Visitenkarte.
„Sollte etwas dazwischen kommen, rufen Sie

mich bitte an oder lassen Sie mich vom Heim verständigen", sagte ich. „Ich muss jetzt leider ins Büro. Ich hole Sie um fünf Uhr ab." Wir gingen zurück zur U-Bahn. Er packte wieder seine Violine aus. Ich wollte ihm noch einen Geldschein zustecken und überlegte es mir dann doch. Ich war im Zweifel, ob es gut ankommen würde.

Ich war Feuer und Flamme, dem Mann zu helfen. Irgendwie fühlte ich mich hingezogen zu ihm. Im Büro machte ich früher Schluss und fuhr zu einem Freund, Fotis, einem Griechen, der ein Restaurant besaß. Ich erzählte ihm die ganze Geschichte. Während unseres Gespräches kam mir eine Idee.

„Ich komme am Abend mit ihm zu dir zum Abendessen", sagte ich zu ihm. „Vielleicht fällt uns gemeinsam etwas ein, hier können wir in Ruhe plaudern", sagte ich.

„Super-Idee", meinte Fotis.

Als ich um fünf Uhr im Männerheim ankam und nach Sergej, dem Geigenspieler fragen wollte, traute ich meinen Augen nicht. Sergej saß wie Häufchen Elend auf einer Bank im Foyer, seinen Geigenkasten auf den Knien, und schaute unentwegt zur Türe. Als er mich sah, huschte ein Lächeln über sein Gesicht. Er stand auf und begrüßte mich höflich.

Ich wollte ihn nicht darüber im Unklaren lassen, was ich vorhatte. „Wenn Sie nichts dagegen haben, fahren wir zu einem Freund, und beim Abendessen können Sie mir mehr über sich erzählen." Gerne, meinte er.

Während des Essens bemerkte ich, wie Sergej immer mehr auftaute und sich staunend im Lokal umsah. Danach setzte sich mein Freund zu uns an den Tisch. Ohne dass wir ihn hätten auffordern müssen, begann Sergej, wenn auch stockend, zu erzählen.
Er sagte: „Es ist noch nicht lange her, dass ich in so vornehmen Lokalen war, und doch

kommt es mir wie eine Ewigkeit vor. In meiner Zeit als Geiger in einem ukrainischen Orchester in Sewastopol konnte ich es mir leisten, in solchen Lokalen zu speisen. Ich lebte alleine, meine Frau war schon vor längerer Zeit verstorben, und Kinder habe ich keine. Ich habe alles zurückgelassen außer meiner Geige.

Hals über Kopf flüchtete ich, gerade 50 Jahre geworden, als 2013 der Konflikt in der Ukraine ausbrach und sich eine Übernahme der Krim durch die Russen abzeichnete. Durch gute Freunde wurde ich rechtzeitig gewarnt. Wegen meiner negativen Einstellung zur prorussischen Regierung war ich nicht mehr sicher, es existierten bereits Listen von unerwünschten Personen, unter denen auch ich mich befand. Für kurze Zeit konnte ich in der Ostukraine bei Freunden unterkommen. Als hier die Kämpfe aber immer heftiger wurden, flüchtete ich nach Polen. Leider war es in Polen unmöglich, als Musiker Arbeit zu bekommen, noch dazu als Flüchtling. Ich beschloss, mich nach Österreich durchzuschlagen. Nach Österreich wollte ich schon immer. In Deutschland hätte ich ohnehin kein Asyl bekommen. Auf nicht immer legalen Wegen gelang es mir schließlich, hierher zu kommen. Ich habe jetzt zwar eine Aufenthaltsgenehmigung, aber keine Arbeitsgenehmigung. Ich darf nur als Straßenmusiker tätig sein. Das Quartier im Männerheim ist auch nicht auf ewig sicher. Gelernt habe ich nichts außer Musik zu machen."

Wir beide, mein Freund und ich, hatten nur betroffen zugehört. Nach einigen Minuten des Schweigens fasste ich kurzerhand einen Entschluss. „Fotis, was hältst du davon, wenn ich hier im Lokal eine Lesung veranstalten und Sergej diese musikalisch begleiten würde?", fragte ich. Mein Freund wusste ja, dass ich eine Hobbyautorin war und meine Werke im „Self-Publishing" vermarktete. Fotis fand die

Idee großartig. Als wir gemeinsam auch Sergej überzeugen konnten, der anfänglich etwas zögerlich war, war der Plan gefasst. Sergej blühte förmlich auf und sah um Jahre jünger aus.

„Darf ich?", fragte er und holte seine geliebte Violine aus dem Kasten. Es war spät geworden, mein Freund schloss das Lokal und Sergej spielte nur für uns. Es war ein besonderes Erlebnis, diesem außergewöhnlichen Künstler zuzuhören. Nachdem ich Sergej wieder ins Heim gebracht hatte, fuhr ich mit einem Gefühl der Zufriedenheit nachhause.

Am nächsten Morgen vermisste ich Sergej an der U-Bahnstation. Meine Gedanken rotierten. Es war ihm doch hoffentlich nichts zugestoßen? Vom Büro aus rief ich im Männerheim an und erkundigte mich, warum Sergej, der Geigenspieler nicht mehr vor der U-Bahnstation spielte. Man sagte mir, es habe Beschwerden wegen Lärmbelästigung gegeben, und er spiele jetzt in der Fußgängerzone. Als ich ihn dort fand, strahlten seine Augen. Diesmal hatte ich keine Bedenken mehr, ihm einen 5-Euro-Schein in die Tasche zu stecken, und warf noch einige Cents in den Kasten.

„Sergej, bitte rufen Sie mich nächste Woche an, dann weiß ich schon den Termin für unsere Veranstaltung", sagte ich leise zu ihm.

„Danke", erwiderte er ebenso leise, es sollte niemand anderer hören, und drückte fest meine Hand.

Dann war er da – der Tag der Lesung. Wir hatten Einladungen an Verwandte und Bekannte sowie an Stammkunden des Lokals versendet. Ich holte Sergej vom Heim ab. Wir bereiteten alles für unseren Auftritt vor. Langsam füllte sich das Lokal. Mein Freund hängte noch ein Schild an die Eingangstüre: „Geschlossene Gesellschaft".

Ich begann aus meinen Büchern Geschichten

und Gedichte zu rezitieren. Zwischendurch spielte Sergej die passende Musik.

Die Veranstaltung war ein voller Erfolg.

Die Einnahmen aus dem Verkauf meiner Bücher überließ ich natürlich Sergej. Außerdem stellte ich ihn den Besuchern vor und erzählte von seinem Schicksal, und dass dies eine Benefizveranstaltung für ihn sei. Viele der Besucher gaben mehr, als ein Buch kostete. Fast alle, es waren immerhin an die 80 Personen, wollten wissen, ob und wann man Sergej das nächste Mal werde hören können. Auch mein Freund war von dem Echo überrascht und gab spontan 400 Euro zum Erlös. Er dachte schon über die nächste Veranstaltung nach. Bald sprach es sich herum, dass hier ein Meister am Werk sei. Es dauerte nicht lange, und Sergej fand einen Platz in einem Quartett, welches gelegentlich auf Veranstaltungen spielte.

Bei meinem Freund war über dem Restaurant ein Zimmer frei geworden, das er Sergej günstig vermietete. Auch konnte er sich bei ihm zu Personalpreisen verköstigen.

Ein Anfang war gemacht, um Sergej wieder ein geregeltes Leben zu ermöglichen. Vor der U-Bahn spielte er nicht mehr. Bald danach kamen mir auf meinem morgendlichen Weg wieder die üblichen schneidenden Klänge aus der Harmonika eines Straßenmusikanten entgegen. Diesmal störten sie mich nicht. Irgendwie war ich ein wenig stolz auf mich, nicht weggeschaut, sondern etwas getan zu haben.

Das Fenster

An einem wunderschönen Frühlingsmorgen unternahm Kurt, ein sportlicher junger Mann Mitte 30, die erste Motorradtour in dieser Saison. Er fuhr vorsichtig und genoss das Vorbeiziehen der Landschaft. Plötzlich begann es leicht zu regnen. Kurt war sich der Gefahr durchaus bewusst und drosselte seine Geschwindigkeit noch mehr – trotzdem geschah, was er verhindern wollte: In einer Rechtskurve rutschte ihm auf der nassen Straße die Maschine weg und schlitterte über den Asphalt.

Kurt fiel so unglücklich, dass er seine Beine nicht mehr bewegen konnte. Er sah nur noch, wie auf der anderen Straßenseite ein Auto in die Maschine krachte. Dann wurde ihm schwarz vor Augen.

Er kam zu sich und hatte zuerst keine Ahnung, wo er war. Der Raum war abgedunkelt. Geräte summten und tuteten leise. Er war fest in etwas eingepackt, was wie ein Kokon wirkte, und bekam Luft durch einen dicken Schlauch. Langsam kehrte die Erinnerung an den Unfall zurück.

Ein paar Tage später, man hatte ihn inzwischen in ein anderes Zimmer verlegt, fragte ihn der Primar bei der Morgenvisite mit ernster Miene: „Erinnern Sie sich an Ihren Unfall?" – „Ja, ich erinnere mich dunkel. Ich kann meine Beine nicht bewegen, was ist damit?" Kurt versuchte seine Unruhe zu verbergen. „Leider sieht die Diagnose derzeit nicht gut aus", sagte der Chef. Sie werden vermutlich den Rollstuhl zu Hilfe nehmen müssen."

Kurt wusste, was das bedeutete, aber er bezog es keinesfalls auf sein ganzes restliches Leben. „Aber das wird wieder, oder?", fragte er beiläufig, weil er die Antwort fürchtete. Ausweichend sagte der Arzt: „Wir müssen noch weitere Untersuchungen abwarten. Erst dann können wir ein endgültiges Urteil abgeben. Sie brauchen jetzt vor allem Geduld."

Es folgten noch viele Untersuchungen. Allmählich begriff Kurt, wie ernst es wirklich um ihn stand. Die Sorgen, wie sich sein Leben danach gestalten sollte, wurden immer konkreter. Kurts Eltern waren früh verstorben, und im Moment war er auch solo. Seine Freundin hatte ihn vor einem halben Jahr verlassen und war nach Italien gezogen.

Wenige Besucher kamen zu ihm ans Krankenbett, manchmal schaute ein Kollege vorbei. Sonst nur quälende Einsamkeit und viel Zeit zum Nachdenken.

Wie sollte es mit der Arbeit weitergehen? Kurt war Vertreter für Autozubehör und arbeitete weitgehend selbstständig. Wie sollte er den Alltag bewältigen? Er besaß kein eigenes Fahrzeug, bisher hatte er ein Firmenauto gehabt. Alle waren schuld an seinem Schicksal. Gott, der es genau zu der Zeit des Unfalls regnen hatte lassen, die Ärzte ohnehin, Schwestern und Therapeuten, die ihn nur quälten.

Es folgten viele Wochen Krankenhausaufenthalt, anschließend drei Monate Reha. Er wollte nicht akzeptieren, dass er an den Rollstuhl gefesselt war.

Sein Zorn auf die Welt wurde mit jedem Tag größer.

Kurt lebte in einer Mietwohnung im 3. Stock in einem Wiener Außenbezirk. Mit dem Rollstuhl in das Haus zu gelangen war kein Problem, auch den Aufzug konnte er gut erreichen, in der Wohnung waren nur das Bad und die Toilette Hindernisse für seinen Rollstuhl, hier musste er Umbauarbeiten durchführen lassen. Die größte Unannehmlichkeit für ihn war, wenn er doch einmal Wege in der Stadt hatte, jedes Mal ein Taxi für einen Behindertentransport zu bestellen. Kurt versuchte nicht einmal, an sein früheres Leben anzuknüpfen. Seine Arbeit hatte er aufgeben müssen. Er ging so gut wie nie in die Öffentlichkeit, traf niemanden und lud niemanden zu sich ein. Sein einziger Blick in das wahre Leben war ein Fenster, welches auf die Straße ging.

Ab und zu sah er missmutig hinunter, sonst hockte er nur vor dem Computer, was er früher nie getan hatte, und tauchte viele Stunden lang in eine Spielwelt ein, die ihm die Illusion verschaffte, sich ungehindert überallhin bewegen zu können. Er, der es genossen hatte, unter Menschen zu sein, hasste diese jetzt.

Einmal in der Woche kam eine Betreuerin. Sie besorgte für Kurt die nötigen Einkäufe und hielt die Wohnung in Ordnung. Kurt war immer froh, wenn sie wieder verschwunden war. Als er eines Tages aus dem Fenster blickte, bemerkte er vis-à-vis eine Gruppe junger Leute. Es war nicht neu für Kurt.

Er wohnte gegenüber einer der Villen, die der Architekt Adolf Loos entworfen hatte. Regelmäßig kamen Architekturstudenten, um den markanten Baustil vor Ort zu analysieren. Neu war, dass diesmal anscheinend eine Professorin dabei war. Sie schien der Gruppe die Architektur der Villa zu erläutern und deutete dabei auch ab und zu auf die umliegenden Gebäude.

Anscheinend ging es um die Höhe der Dächer, und plötzlich hatte Kurt den Eindruck, als zeigte sie genau auf sein Fenster. Er winkte ihr spontan zu, ohne besonderen Grund. Dann glaubte er, sie hätte kurz innegehalten, bevor sie sich wieder zu ihren Studenten umdrehte.

Kurt zog es jetzt immer öfter zum Fenster. Eines Tages war sie wieder mit einer Gruppe da. Kurt hatte sich ein Fernglas parat gelegt, um sie besser sehen zu können. Er sah eine hübsche Frau, groß, schlank, mit kurzen braunen Haaren. Sie schien ungefähr in seinem Alter zu sein. Und wieder zeigte sie auch zu seinem Haus, und ihr Blick schien an seinem Fenster hängen zu bleiben. Kurt winkte wieder, und es schien ihm auch wieder, als hätte sie ihn gesehen. Durch das Fernglas glaubte er sogar zu beobachten, dass sie lächelte.

Kurt war wie ausgewechselt, seine Verbitterung wie weggewischt. Er wollte unbedingt diese Frau kennen lernen. Er überlegte, ob er nicht seine Telefonnummer auf eine Tafel schreiben solle, verwarf aber den Gedanken sofort. Wie sollte sie die auf diese Entfernung lesen können. Er nahm sich vor, beim nächsten Mal zu ihr hinunter zu fahren, obwohl ihm jetzt schon davor graute.

Dann war der Tag gekommen. Kaum hatte er die Gruppe gesehen, nahm er allen Mut zusammen und wagte es. Um die Gelegenheit ja nicht zu verpassen, stürmte er im Rollstuhl so schnell aus dem Haus und auf die Straße, dass er ein Auto übersah, das gerade noch mit rauchenden Reifen knapp vor ihm anhalten konnte.

Die Gruppe, die auf die Szene aufmerksam geworden war, ging zu ihm und wollte wissen, ob alles in Ordnung sei.

„Ja, ja, danke, nichts passiert", sagte er. Dann fasste er sich ein Herz und fragte: „Darf ich Ihnen vielleicht auch zuhören? Ich sehe Sie ab und zu von oben und finde es toll, wie Sie das machen."

„Gerne, es ist nur so, ich führe den Herrschaften gerade das Haus vor, da kann ich Sie nicht hinein mitnehmen, es tut mir leid... es sei denn, sie wollten das Haus kaufen", antwortete sie lächelnd. „Oder interessieren Sie sich so sehr für Architektur?" Sie warf ihm einen schelmischen Blick zu. „Ja, auch...", stotterte

Kurt. Er meinte eher sie, aber so direkt konnte er mit der Türe nicht ins Haus fallen.

Sie verschwand mit den Interessenten im Haus, Kurt blieb etwas verdattert auf dem Gehsteig zurück. Als sie nach 20 Minuten wieder vor das Haus traten, war Kurt noch an derselben Stelle.

Die junge Frau war offensichtlich überrascht. „Schaffen Sie es nicht zurück? Brauchen Sie Hilfe?", fragte sie Kurt. „Nein, das ist es nicht", drückte Kurt ein wenig herum, „ich komme kaum aus meiner Wohnung und habe Sie schon ein paar Mal von oben gesehen. Dürfte ich Sie vielleicht einmal auf einen Kaffee einladen?" Jetzt war es gesagt, Kurt erwartete eine Abfuhr und saß wie auf Nadeln.

Doch sie schaute ihn nur an und sagte: „Vielleicht, hier ist meine Karte, rufen Sie mich bei Gelegenheit an", und gab ihm lächelnd ihre Visitenkarte. Kurt rief gleich am nächsten Tag an. Sie verabredeten sich in einem Kaffeehaus im 13. Wiener Gemeindebezirk. Beim Kaffee erzählte Jennifer, sie habe vor zwei Jahren ihren Master in Architektur gemacht und wollte dann eigentlich Assistentin werden, doch die Chancen dafür seien schlecht gewesen. So sei ihr bisheriger Nebenjob als Immobilienmaklerin jetzt im Moment ihr Beruf. Sie lebe alleine und wohne zurzeit bei ihrer Mutter.

Kurt konnte erstmals über sein Schicksal reden, und sie war eine gute Zuhörerin. Besonders gefiel ihm, dass sie sich für sein Schicksal interessierte, ohne ihn zu bemitleiden. Bei beiden knisterte es ordentlich.

Sie verabredeten sich, um nächste Woche gemeinsam den Tiergarten Schönbrunn zu besuchen. Kurt blühte immer mehr und mehr auf, wenn er Jennifer sah. Es folgten weitere Treffen und gegenseitige Besuche. Die beiden verstanden sich immer besser.

Da Jennifer leidenschaftliche Läuferin war, animierte sie Kurt, trotz seiner Behinderung wieder Sport zu treiben.

„Ich fahre morgen in den ‚Maurerwald', zum Laufen. Soll ich dich abholen?", fragte sie.

Kurt kannte die bei Läufern beliebte Gegend. Er war unsicher. Als ob sie seine Bedenken erahnte, meinte sie: „Wegen dem Rollstuhl mach dir keine Sorgen, mein Auto ist groß genug."

Tatsächlich, mit ihrer Hilfe waren alle Schwierigkeiten, die er vor sich gesehen hatte, leicht zu bewältigen. Er hatte wider Erwarten großen Spaß an der Bewegung im Freien. Kurt war so angetan von dem Ausflug, dass er beschloss, einen Rollstuhl zu kaufen, mit dem er leichter Sport ausüben konnte als mit dem jetzigen Basismodell von der Krankenkasse. Jennifer gelang spielend, was die vielen Therapeuten nicht geschafft hatten, Kurt wieder hinaus in die von ihm so geliebte Natur zu bringen. Die beiden verbrachten jetzt noch mehr Zeit miteinander. Kurt fand endlich aus seinem Tief heraus. Mit Jennifer kam die Freude am Leben und am Sport wieder zurück.

Eines Tages besuchte sie ihn in seiner Wohnung und sagte:

„Komm, Kurt, ich hab eine Überraschung für dich."
Unten angekommen, sah er, dass genau vor dem Haus ein offener Jeep parkte.
„Es ist zwar kein Motorrad, aber du kannst dir, wenn wir gemeinsam unterwegs sind, ebenso den Wind um die Ohren blasen lassen", sagte sie lachend. „Ich wollte schon lange so einen Wagen", ergänzte sie.

Kurt war glücklich. Jennifer beugte sich zu ihm hinab und flüsterte: „Ich liebe dich!" „Ich dich auch, schön, dass es dich gibt", antwortete er und seine Augen füllten sich mit Tränen.

Ab nun fuhren sie nicht nur gemeinsam durchs Leben, sondern all die Strecken ab, auf denen Kurt früher mit dem Motorrad unterwegs gewesen war.

Mitternachtsmette

Es war ein kalter Dezembertag des Jahres 1943, und es schneite ohne Unterlass. Peter, der gerade sieben Jahre alt geworden war, musste in die Schule gehen.

Als er durch das kleine Küchenfenster des einsamen Bauernhauses im nördlichen Waldviertel schaute und draußen die Schneehölle sah, war er nicht sehr begeistert. Immerhin musste er fast eine Dreiviertelstunde durch den Schnee stapfen, um zur Schule zu kommen.

„Muss ich denn heute in die Schule gehen?", fragte er seine Mutter.

„Ja, Peter, die Schule ist wichtig. Wir mussten auch jeden Tag gehen, da war oft noch mehr Schnee", antwortete sie.

Peters Opa saß am Küchentisch und stopfte seine Pfeife. „Wenn du von der Schule kommst, darfst du mit mir in den Wald gehen, dann holen wir einen Christbaum", versprach er Peter. „Oh, fein", rief der Kleine erfreut. Peter war immer froh, wenn ihn der Opa in den Wald mitnahm. Er konnte alles so schön erklären.

Plötzlich war alles nur mehr halb so wild. Er machte sich in einer kurzen Hose, aber dafür mit dicken, langen, von der Mutter gestrickten Wollstrümpfen, die seine Knie schützten, mit festen Schuhen und einem Mantel, der über die Knie reichte, auf den Weg. Den Kopf schützte eine warme Pelzhaube.

In der Schule gab es nur ein Klassenzimmer für alle Schulstufen. Die Großen hatten ihre Jacken und Mäntel nahe beim Ofen zum Trocknen platziert. Peters Mantel hing irgendwo.

Der Vormittag kam Peter endlos vor, trotzdem hatte am Ende die Zeit nicht gereicht, um seinen Mantel trocknen zu lassen, und er musste das Kleidungsstück noch halbnass wieder anziehen.

Draußen, wo der Wind ihm die Schneeflocken ins Gesicht blies und der feuchte Mantel immer schwerer wurde, begann er nach kurzer Zeit zu frieren. Er kämpfte sich durch den Schnee, so schnell er konnte, und tröstete sich damit, dass daheim der Großvater sicher schon auf ihn wartete, weil sie ja den Christbaum fällen wollten.

Zuhause empfing ihn in der Küche ein Duft von Vanille, Zimt und Nelken.

Die Vorweihnachtszeit war das Schönste für ihn in dieser sonst eher tristen und stillen Jahreszeit. Da wurde viel gebacken, und manchmal fiel dabei etwas für ihn ab. Bevor die Oma es wegsperrte. „Opa gehen wir schon?", fragte er ungeduldig.

„Zuerst musst du etwas essen und deine Sachen trocknen, die sind ja ganz nass", sagte der Opa. Mantel und Strümpfe wurden auf den heißen Kachelofen gelegt und begannen bald zu dampfen.

Inzwischen löffelte Peter vorsichtig die brennheiße Suppe hinunter. Das Brot wollte er liegen lassen, doch das ließ seine Mutter nicht zu. Endlich durfte er sich umziehen und Strümpfe und Mantel wieder anlegen.

„Na, dann wollen wir los", sagte der Opa lächelnd.

Im nahegelegenen Wald suchten sie nach einem geeigneten Baum. Sie mussten sich beeilen, denn um diese Jahreszeit wurde es schnell dunkel. Der Wald war tief verschneit. Der Großvater stapfte voran durch den Schnee und musste mit einem Stock die Äste von ihrer Last befreien, damit sie die Bäume überhaupt abschätzen konnten. Bald hatten sie eine schöne Tanne gefunden und abgesägt. Sie war nicht sehr groß, und der Opa konnte sie leicht auf die Schulter nehmen.

Zuhause fiel Peter ein, er müsse noch etwas für die Schule schreiben. Doch da musste er sich zuerst eine Standpauke der Mutter anhören. Hätte er das nicht früher sagen können? Der Opa war auch nicht begeistert. Wenn er das gewusst hätte…

Inzwischen war es dunkel geworden, und die Petroleumlampe wurde angezündet. Elektrisches Licht gab es noch keines.

Peter hatte kaum seine Aufgaben gemacht, da rief die Oma schon zum Abendessen. Wie immer unter der Woche gab es eine Stosuppe, eine Suppe aus Sauermilch, mit Rahm verfeinert und mit Kartoffeln als Einlage. Die Schüssel wurde auf den Tisch gestellt, und jeder konnte daraus löffeln. So vergingen die Tage der Vorweihnachtszeit, und der Heilige Abend rückte immer näher. Im Advent wurde immer nach dem Abendessen am Behang für den Christbaum gebastelt. Die ganze Familie, Opa, Oma, seine Mutter und er, saßen am Tisch und drehten und wickelten. Seidenpapier wurde geschnitten, silberne Schnüre an Nüssen und Keksen befestigt, Strohsterne geflochten und verziert.

„Am liebsten würde ich heuer nicht in die Mette gehen, mit meinen alten Schuhen, so weit durch den Schnee", sagte eines Abends die Mutter.

„Es wird schon nicht so schlimm werden, es ist sicher kalt und der Schnee festgefroren", meinte die Oma und zwinkerte dem Opa heimlich zu.

Peter wollte schon immer gerne wissen, was an der Mitternachtsmette so besonders war, außer, dass sie so spät begann. Er musste ja immer schon ins Bett gehen, wenn die Erwachsenen aufbrachen, und konnte ihnen nur sehnsüchtig durch das Fenster nachschauen.

„Darf ich diese Weihnachten mit? Ich bin doch schon sieben", fragte er die Mutter.

„Nein, Peter", schüttelte sie den Kopf, „der Weg ist zu weit mitten in der Nacht, in dieser Kälte." – „Du frierst uns ein, und wir müssen dich als Eiszapfen heimbringen", lachte der Opa. Damit war das Thema erledigt.

Dann, endlich, war er da – der ersehnte Tag – der Heilige Abend.

Gleich in aller Frühe gab es das übliche Sonn- und Feiertagsritual: Es wurde gebadet. Die Mutter stellte einen Holzbottich mitten in die Stube und füllte ihn mit heißem Wasser.

Nach dieser mehr oder weniger angenehmen Prozedur, bei der die Mutter immer wieder mit der Bürste nachhalf, wenn Peter zu oberflächlich gewesen war, gab es das Frühstück.

Der Tag verging für die Erwachsenen viel zu schnell, für den Kleinen zu langsam. Er konnte es kaum erwarten, bis es Abend werden und das Christkind kommen würde.

Der Baum und der Behang waren im Schlafzimmer deponiert, wo ihn das Christkind abholen und später zusammen mit den Geschenken wieder bringen würde. Peter schlich immer wieder dort herum, irgendwann musste sich doch das Christkind bemerkbar machen, aber es tat sich rein gar nichts.

Doch plötzlich kamen die Oma und die Mutter zu ihm und sagten: „Jetzt wird das Christkind gleich kommen, aber vorher gehen wir noch in den Stall und beten für unsere Tiere ein Vaterunser." Als sie wieder ins Haus kamen und die Stube betraten, stand der Christbaum da. Mit seinen Kerzen und dem gebastelten Schmuck strahlte er so sehr, dass die Stube taghell beleuchtet war. Die Familie stellte sich in Reih und Glied vor ihm auf. Zuerst beteten sie ein Vaterunser. Mit innigen Worten gedachte die Mutter danach Peters

Vater, der im Krieg war. "Wieder ein Jahr ohne ihn, wie viele werden es noch? Gott schütze ihn", sagte sie. „Gott schütze ihn", wiederholten Oma und Opa. Peters Augen suchten inzwischen den Boden unter dem Baum nach Geschenken ab.

Dann wurde auch noch „Stille Nacht, heilige Nacht" gesungen.

Die Erwachsenen konnten es so richtig spannend machen. Es war eine Erlösung für Peter, als der Opa sagte: „Schaut, da hat das Christkind etwas hingelegt!" Peter stürzte gleich hin. Er sah zwei kleine und ein größeres Paket, an denen Zettel hingen. „Schau doch einmal, wem die Geschenke gehören", sagte seine Oma.

Das erste, das er erwischte, hatte einen Zettel dran, auf dem „Für Opa" stand. Das nächste, größere, gehörte der Mutter, dann kam die Oma dran. Jetzt hatten alle ein Geschenk, nur

Peter nicht. Er war am Boden zerstört. Sollte es doch so sein, wie die Mutter immer gesagt hatte: „Wenn du nicht brav bist, wird das Christkind nichts bringen"? Langsam füllten sich Peters Augen mit Tränen.

Doch plötzlich rief der Opa: „Da ist ja noch ein Packerl hinter dem Baum versteckt!" Tatsächlich, jetzt entdeckte Peter es auch. Er kroch unter den Baum. „Das ist für mich", verkündete er selig.

Schnell wischte sich Peter die inzwischen reichlich geflossenen Tränen von den Wangen und zog überglücklich sein Geschenk hervor.

Jetzt musste jeder sein Geschenk auspacken und zeigen, was er bekommen hatte. Peter begann gleich sein Päckchen aufzureißen. „Peter, mach es vorsichtig auf, das Papier wird zusammengefaltet und wieder dem Christkind gegeben", ermahnte ihn die Mutter. Wenn das Papier ganz bleiben sollte, musste sich Peter jetzt etwas Mühe mit dem Goldfaden geben, der um das Paket gespannt war. Doch schließlich konnte er das Papier auseinanderbreiten, und es kamen zuerst dicke wollene Fäustlinge zum Vorschein. Die hatte er sich insgeheim gewünscht – es hatte ihn schon manchmal gehörig an den Fingern gefroren. Darunter ein langer Schal, und als er den aufhob, kam eine lange Hose zum Vorschein!

Der Schmerz von vorhin war vergessen. Ganz unten fand er überdies noch einen Zeichenblock und einige Stifte. Peter zeichnete gerne, besonders Tiere und Bäume. Er war überglücklich.

Für Opa gab es eine neue Bartbinde für seinen Schnurrbart. Die Oma bekam eine schöne lange Schürze mit blauem Muster und die Mutter, die einen kleinen Freudenschrei losließ, ein Paar warme Stiefel. Noch einmal beteten sie ein Vaterunser und wünschten einander ein frohes Weihnachtsfest.

Anschließend setzten sie sich zum Abendessen. Zur Feier des Tages gab es einen Braten mit Saft und Knödel.

„Jetzt freue ich mich schon auf die Mette, mit den neuen Stiefeln ist es sicher kein Problem", sagte die Mutter.

Peters wunderbare Stimmung verfiel mit einem Schlag. An die Mitternachtsmette hatte er gar nicht mehr gedacht. Er würde wohl wieder allein zurückbleiben. Dabei war die Mette für Peter etwas Besonderes und Geheimnisvolles, durften dort doch nur Erwachsene hingehen. Für die Feldarbeit und das Füttern der Tiere war er hingegen offenbar nicht zu klein.

Da unterbrach der Opa seine Gedanken. „Jetzt ist Peter groß genug, um in die Mitternachtsmette mitzugehen, was meinst du?", fragte der Opa die Mutter. Peter war hingerissen. Endlich! Er konnte es kaum erwarten.

„Juhu, da kann ich gleich meine neue lange Hose anziehen", rief er.

Die Mutter fand zwar, er wäre noch etwas zu jung, war aber dann doch einverstanden.

Da sie fast eine Stunde gehen mussten, um in die Kirche zu kommen, brachen sie schon um 22 Uhr auf. Peter wirkte schon sehr erwachsen, wie er neben den Großen, eingehüllt in seinen neuen Schal und mit den warmen Fäustlingen an den Händen durch den Schnee stapfte.

Bei jedem Schritt knirschte der Schnee unter ihren Füßen, und am nächtlichen Himmel funkelten die Sterne um die Wette. Von weitem hörten sie schon die Glocken. Und bald sahen sie auch die beleuchtete Uhr am Kirchturm.

Peter war ja jeden Sonntag in der Messe, aber an diesem Abend war alles feierlicher.

Das Innere der Kirche erstrahlte im Kerzenlicht, und der Geruch von Weihrauch kam Peter noch intensiver vor als sonst.

Eine kleine Krippe mit dem Jesuskind sah er vorne beim Altar, und gesungen wurden Weihnachtslieder. „Es ist schon etwas anderes als die Sonntagsmesse", dachte Peter und kam aus dem Staunen nicht heraus.

Auf dem Nachhauseweg war Peter sehr still.

„Na, Peter, bist du schon müde?", fragte die Mutter. „Nein", antwortete er. Obwohl, so ganz hatte er nicht die Wahrheit gesagt. Die neuen Eindrücke machten ihm schon zu schaffen.

„Der Peter ist doch schon groß", sagte der Opa und nahm ihn trotzdem an der Hand. Peter war froh darüber. Zuhause fiel er todmüde ins Bett. Sein erster Besuch der Mitternachtsmette – wieder ein Schritt näher zum Erwachsenwerden.

Kurschatten

Ludwig betrat das Restaurant des Kurhotels, er war neugierig, wer heuer seine Tischnachbarn sein würden. In den vielen Jahren, in denen er hier schon zur Kur gewesen war, hatte er so manches erlebt.

„Tisch Nr. 25", stand auf der Kurkarte – er war für vier Personen.

Drei Personen saßen schon am Tisch.
„Mein Name ist Ludwig", stellte er sich vor, wie hier üblich nur mit dem Vornamen. Die drei stellten sich ebenfalls vor. Agnes und Alois, ein älteres Ehepaar, und Eva, eine sehr adrette Dame, Mitte vierzig, schätzte er – so alt, wie er selbst war. Während des Essens beobachtete Ludwig Eva aus den Augenwinkeln. Auch Eva warf ihm hin und wieder einen Blick zu. Es war von Anfang an ein Knistern zwischen ihnen. Ob er auch das erste Mal hier sei, wollte Alois wissen. Peter erzählte, dass

er schon seit Jahren immer für vierzehn Tage hierherkomme.

Auch für sie sei es das erste Mal, sagte Eva.

Sie wandte sich an Ludwig: „Dann kennst du dich ja gut aus hier in der Gegend, oder?"

„Nicht nur deswegen, ich verbrachte einen Teil meiner Jugend hier, in dieser Zeit wurde auch das Kurhotel gebaut", antwortete Ludwig lächelnd.

„Ich fotografiere gerne und bin immer auf der Suche nach schönen, lohnenden Motiven", sagte Eva.

„So ein Zufall, da haben wir ja etwas gemeinsam. Ich bin auch leidenschaftlicher Fotograf", erwiderte Ludwig erfreut und erstaunt zugleich.

Agnes und Alois zogen sich auf ihr Zimmer zurück. Ludwig schlug Eva vor, noch in die Cafeteria des Hotels zu gehen. Eva war einverstanden, und beim Kaffee redeten sie ausführlich über ihr Hobby.

Sie beschlossen, sich am nächsten Tag, nachdem sie vom Arzt ihren Therapieplan und die Termine dafür erhalten haben würden, zu überlegen, wann sie gemeinsam etwas unternehmen könnten.

Es zeigte sich, dass die Vormittage mit Behandlungen ziemlich ausgefüllt waren. Manchmal dauerten die Therapien auch bis zum späten Nachmittag.

„Da wird uns nicht viel Zeit zum Fotografieren bleiben", sagte Eva. Oft aber hatten sie dazwischen zur gleichen Zeit eine Pause, die sie in der Cafeteria verbrachten   .
Allmählich lernten sie sich näher kennen.

Ludwig erzählte, er sei seit einem Jahr geschieden. Eva war ebenfalls geschieden, hatte aber seit einiger Zeit einen Freund.

„Ich denke, wir werden erst am Wochenende zum Fotografieren kommen, wenn wir keine Therapien haben", sagte Ludwig. Eva war derselben Meinung. Da fiel ihr Blick auf ein Plakat: „Jeden Dienstag und Donnerstag Tanzabend ab 20 Uhr".

„Tanzt du gerne? Schau!", sie zeigte auf das Plakat.

„Eine gute Idee! Wollen wir hingehen?", fragte Ludwig.

„Unbedingt", sagte Eva und lachte.

Zwei kleine Hotels im Ort boten diese Tanzabende an. Am Dienstag das eine, am Donnerstag das andere. Heute war Dienstag. Beim Abendessen fragten sie Agnes und Alois, ob sie zum Tanzabend mitkommen wollten, doch die beiden verneinten.

Es wäre nicht ihre Art von Musik, bedauerten sie. Doch insgeheim wollten sie die beiden lieber sich selbst überlassen, weil sie bemerkt hatten, dass da zwischen Eva und Ludwig etwas vorging.

Kurz nach 20 Uhr begann die Musik. Ein DJ sorgte für das nötige Anheben der Stimmung. Die Musik war gut zusammengestellt, schöne, nicht zu laute Tanzmusik.

Es kam, wie es kommen musste. Die beiden kamen einander beim Tanzen ziemlich nahe.

Eva schmiegte ihren Körper fest an Ludwig.

„Das ist schön, dich zu spüren", flüsterte er ihr ins Ohr. Eva gab ihm einen zärtlichen Kuss auf die Wange. Um 22 Uhr war leider damit Schluss, der Tanzabend zu Ende.

Im Hotel verabschiedete sich Ludwig und meinte: „Danke für den schönen Abend." „Ja, es war ein wunderschöner Abend, danke", sagte Eva und gab ihm einen flüchtigen Kuss auf die Wange.

Am nächsten Morgen beim Frühstück begrüßte Ludwig Eva mit einem breiten Lächeln: „Guten Morgen! Na, gut geschlafen?" „Danke, wunderbar", antwortete Eva und lächelte ihn an. Agnes und Alois warfen einander einen Blick zu und mussten schmunzeln.

Der Mittwoch war ausgefüllt mit Therapien, und sie waren am Abend zu erschöpft, um noch etwas zu unternehmen. Doch am Donnerstag gingen sie wieder zum Tanzen. Ludwig konnte es kaum erwarten, sie wieder im Arm zu halten. Eva wäre am liebsten nur auf der Tanzfläche geblieben. Bei den langsamen Tänzen spürten sie ihre Körper und schmusten ungeniert.

Auch an diesem Tag war der Tanzabend nach zwei Stunden zu Ende, und sie mussten zurück ins Hotel. Diesmal begleitete Ludwig Eva bis vor ihre Tür. Er zog sie zu sich und küsste sie leidenschaftlich. „Schlaf gut", sagte er leise.

Eva drehte sich um und sperrte die Türe auf.

„Du auch", sagte sie. Ludwig drehte sich um, um wegzugehen, da zog Eva ihn wortlos ins Zimmer.

Am nächsten Morgen beim Frühstück wussten sie nicht so recht, was sie sagen sollten.

Nach der üblichen Begrüßung meinte Ludwig: „Wenn es schön bleibt, können wir am Wochenende endlich fotografieren."

„Ich fürchte, daraus wird nichts, ich bekomme Besuch übers Wochenende. Ich bekam heute früh einen Anruf", sagte Eva.
„Schade – ich meine, dass wir nicht fotografieren können", sagte Ludwig.
In Wirklichkeit dachte er natürlich, schade, nicht die Zeit mit Eva verbringen zu können.
In den Pausen zwischen den Therapien am Freitag trafen sie sich wie immer in der Cafeteria. „Es tut mir so leid, aber mein Freund

hat nur dieses Wochenende frei, nächste Woche ist er auf Geschäftsreise. Dann haben wir Zeit für uns", sagte Eva.

„Ich habe mich schon so gefreut, aber da kann man nichts machen", sagte Ludwig.

Am Samstag, gleich nach dem Frühstück, verabschiedete sich Eva schnell.
„Mein Besuch wird bald hier sein", meinte sie und verschwand in der Hotellobby.
Agnes und Alois schauten zu Ludwig, der ließ sich aber nicht anmerken, wie ihm zu Mute war.

„Ich werde dann auch losziehen, habe vor, ein paar Verwandte zu besuchen. Die in der Nähe wohnen", ergänzte er.
Alois und Agnes wünschten ihm noch einen schönen Tag. Ludwig war neugierig auf Evas Freund. Er ging langsam hinaus auf die Straße, da bemerkte er schon Eva, wie sie telefonierte. Er versteckte sich hinter einem Auto.

„Eigentlich blöd, ich benehme mich wie ein verliebter Teenager", dachte er.

Er sah, wie ein Auto neben Eva hielt, in das sie einstieg, und dann langsam Richtung Haupteingang fuhr.

Irgendwie kam ihm dieses Auto bekannt vor. So schnell er konnte, nahm er eine Abkürzung zum Eingang des Hotels.

Er kam gerade rechtzeitig, um zu sehen, wie Eva eng umschlungen mit einem Mann das Hotel betrat und sie die Cafeteria ansteuerten.

Ludwig ging, als ob er nichts gesehen hätte, ebenfalls dorthin. Jetzt konnte er das Gesicht des Mannes genauer sehen. Er blieb wie angewurzelt stehen.

Der Mann an Evas Seite war Herr K., ein Mieter im Haus, das Ludwig bewohnte, der verheiratet war und drei Kinder hatte. Vor Ludwigs Abreise hatte er ihm, als sie sich zufällig im Stiegenhaus trafen, noch scheinheilig geklagt, wie wenig Zeit ihm sein Beruf für seine Familie ließe.

Für Sekunden traf sich Ludwigs Blick mit dem von Eva.
Er bemerkte, dass Eva etwas unsicher wurde. Ludwig überging schnell die Situation, indem er sich einen Platz suchte.

Kurz darauf verließen Eva und Herr K. die Cafeteria wieder und ließen sich das ganze Wochenende über nicht blicken.

Ludwig überlegte lange und entschied dann, weder Eva noch Herrn K. gegenüber irgendeine Bemerkung darüber fallen zu lassen, was er über die beiden wusste.

Er kostete die zweite Woche mit Eva voll aus, ließ sich die Behandlungen wohltun und fühlte sich als Kavalier, der genießt und schweigt.

Weitere Kurzgeschichten von Karl Miziolek

Momente der Erinnerung

Die drei ausgewählten Kurzgeschichten beleuchten wahre Situationen des Alltags sowie fantasievolle Begebenheiten auf realen und virtuellen Reisen.

ISBN 9783743115279   Paperback 76 Seiten

Episoden aus Griechenland

In den Episoden spiegelt sich die Liebe des Autors zu Griechenland und den Menschen die dort leben.

ISBN 9783735778475   Paperback 96 Seiten

Weitere Veröffentlichungen

Bildhafte Gedanken

38 Hochglanz - Herbstbilder nördliches Waldviertel u. Schlosspark Laxenburg bei Wien. Sprüche und Gedichte.

ISBN 9783739245164 Hardcover 68 Seiten

Meine Kindheit im Paradies

In dem Buch schildert der Autor Erinnerungen an seine Kindheit in den Jahren 1938 bis 1951. Verbracht in Wien und im Waldviertel.

ISBN 9783735777829 Paperback 92 Seiten